밤의 조각

밤의 조각

전광은
글·그림

알레고리

일러두기

『밤의 조각』은 바흐의 〈무반주 첼로 조곡Six Suites for Unaccompanied Cello〉 — 스페인의 전설적인 첼리스트 파블로 카잘스가 기적적으로 악보를 발굴, 초연하여 널리 알려진 — 여섯 개 악장과 같은 구성으로 이루어졌습니다. 〈무반주 첼로 조곡〉은 전체 여섯 악장 중 다섯 악장이 첼로 하나의 선율로만 연주되며 다섯 번째 악장인 갤런트Galanteries에서만 단 한 번의 화음이 등장합니다.
인간의 심장과 가장 가까운 곳에서, 밤의 정적에 가장 잘 어울리는 악기인 첼로.
그 깊은 울림처럼 『밤의 조각』이 독자들의 마음 가장 가까이에서 밤의 어둠을 아름답게 지새울 수 있기를 꿈꿉니다.

가볍게 흩어지는 빛보다

단단하게 들어찬 어둠을

더 좋아하는 이들에게

친구는 그냥 전화해봤다고 말했다.

조용한 수화기 너머로 왈칵 눈물을 쏟고있는 친구가 있었다.

오래 뒤에 내가 해줄 수 있는 말은 이것뿐이었다.

모든 건 다 지나가겠지! 밤이 가면 아침이 올 거야!

프롤로그

얼른 자~

나에게 어둠은 캄캄하고 무서운 것보다 빛을 기다리는 고요한 시간이다.

그래서 나와 마주할 수 있는 밤의 시간을 즐긴다. 서서히 다가온

어둠은 갑자기 찾아온 공포가 아니라 편안한 내 공간이 된다.

밤을 힘들게 견디고 있을,

그리고 결국 밤을 좋아하는 사람들을 생각하며 그리고 썼다.

친구에게 했던 마지막 말이 생각난다.

얼른 자~

8
/
9

그 사막에서 그는

외로워

뒷걸음질로 걸었다

자기 앞에 찍힌 발자국을 보려고

- 오르탕스 블루

Suites No. 1

프렐류드Prelude - 살아야지

14
/
15

근처 계곡에 사슴과 말과 토끼와 다람쥐가
사이좋게 물 마시고 있는 모습을 그릴 수 있는 곳에서 살아야지

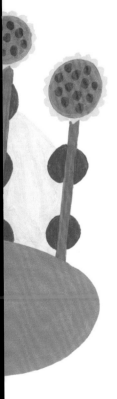

고요한 저녁마다 달을 보고 노래하며 살아야지

길에 핀 꽃송이 시들기 전에
같이 볼 친구가 사는 마을에서 살아야지

24
25

걷다가 아무 곳에 누워 하늘을 볼 수 있는
드넓은 자연에서 살아야지

밟으면 찌글찌글 소리나는 흙 위를 걸으며 살아야지

하지만 나는...

보고만 있어도 웃을 수

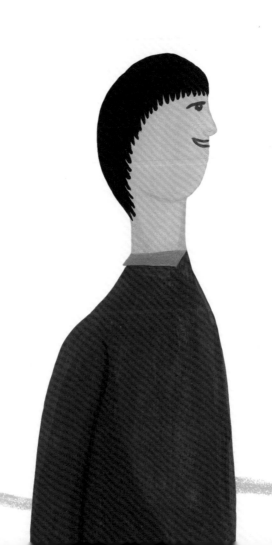

나의 외로움은 장전되어 있다.
(...)
아무도 오지 않을 길목에서
녹슨 내 외로움의 총구는
끝끝내 나의 뇌리를 겨누고 있다.

- 최승자

Suites No. 2
알망드Allemande - 밤이 속삭인다

밤의 조각들

새벽 3시의 달빛 모양
그려서 가지고 다니면 좋겠다.
조각해서 만져 봤으면 좋겠다.

구석구석 널려 있는 푸른 밤의 빛 조각들.
한군데 모아 놓고,
슬플 때 꺼내서 같이 놀면 좋겠다.

한낮의 불안

"불안, 무미건조, 평온.

무엇이든 다 이것들을 거쳐갈 것이다."

- F. 카프카

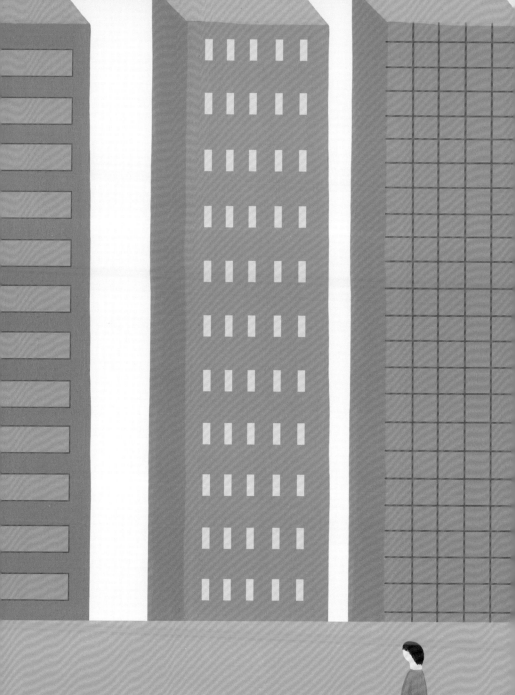

무대 위라도 어둠이 필요할 때가 있다

어둠이 필요한 순간

모든 존재가 빛나야 한다는 건 잘못된 것 같아
아니 그러지 않았으면 좋겠어

밝혀내고
끄집어 내고
억지로 열어서 구경을 하고,

밤이 필요할 수도 있는데
그럴 틈을 주지 않아. 요즘에는

늦여름의 밤

창문을 열었다
시원해진 밤공기가 방으로 들어왔다
계절은 이렇게 간다

오늘 밤은 왠지 오랫동안 창문을 열어두고 싶어졌다

별 것 아니야
겁먹지 마

밤이 속삭인다

흙먼지

믿었던 그림자마저 어느 새벽에 말없이 떠나버린 날,
목소리가 나오지 않았다

오직 길가에 피어 있는 작은 꽃일 뿐인가
항상 맞이하는 태양만으로 만족하고
때로 찾아오는 비로 살아야 하는가

이런 두려움은 언제부터 피어난 걸까

그림자만 돌아올 수 있다면 좋겠는데
내게는 내가 아무도 없는 흙먼지 같다

어쩔 수 없다

사람들이 좋아지고,

나는 어쩔 수 없는 것을 받아들이는 연습이 필요했다.

그냥 어쩔 수 없다고 생각할 수밖에.

사실 그건 내가 너무 크게 다칠까봐 그런 거였다.

나는 내 사람들에게 반짝이는 좋은 일을 해줄 거야.

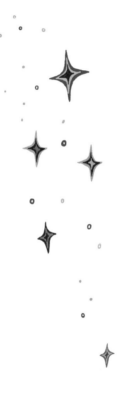

하지만 내가 빛나지 않는데 어떻게 빛을 선물할 수 있을까?

인간이 살아가는 이유는 '존재'라는 암흑에
한 줄기 빛을 밝히기 위함이다.

- 칼 융

땅 위에 나무 위에 바다 위에
어둠 속 안에 반딧불이 안내해
이름 모를 꽃 향기가 도달하는 때
바닷가를 조용히 걷는 색동옷 입
강아지 모 양 구름이 떠 있는 러시
마음을 달래주는 검은 밤의 하얀
녹기 전에 그려본 나의 희망들은
소리는 천사의 울음소리 같은 천둥
수 없는 차가운 손을 핥아주는 순록
이 매달려 있는 오아시스 옆에 있는
올라가는 파란 연기 인 지구름
다운 무지개 끝자락에 있는

보름달위에고래가 알고있는
준 겨울 잠자는반달곰 집옆에
로죽어있는민물고기가 떠 있는
은여자아이가 가지고 싶어하는
아의습한공기처럼우울한나의
함박눈으로만들어진스노우맨이
사라져갈때쯤뒤에서 들리는목
소리가나를위로해주는데어쩔
한마리의눈동자속에비친고드름
커다란나무가불타오르며하늘로
인지구분되지않지만옆에아름
우리집에놀러왔으면

오늘의 메뉴는 비빔밥입니다

졸음 가득한 따뜻한 쌀밥에,

어제 씹기 힘들어 남겨둔 외로운 시금치와

원인 모를 혼란의 채 썬 당근,

고민하는 표고버섯.

고추장 양념의 짜릿함 한 움큼으로 버무린

맛 좋은 비빔밥입니다.

맛있게 드세요.

밤의 시간

맞은편 건물 사람들, 옆집 남학생, 윗집 피아니스트,
길 고양이들, 강아지들, 우리 가족들
모두 잠들어 고요해진 밤
해야 할 일도 없고, 말 거는 사람도 없고,
눈치주는 사람도 없는 고요한 밤

영혼은 밤의 고요함에서 양분을 얻는다

빛, 바람, 나뭇잎, 꽃잎

포근하게 잉태하는 향기로운 날들,

낯설지 않게 무르익은 향수를 실어 나르는 빛,

섬세하게 작은 벌레까지 어루만져주는 바람,

조용하게 피어나는 푸른 나뭇잎, 보라빛 꽃잎.

다행이다.

행복, 그것은 하루살이로 연명한다.

-로맹 가리

Suites No. 3
쿠랑트Courante – 작은 발걸음

작은 도시를 산책하는
작은 사람들의
작은 발걸음

구불구불 골목길을 걸으며 시시한 농담을 한다

특별한 카페나 음식점이 없으면 어때.
오히려 친구의 얘기에 더 집중할 수 있고
골목을 꺾을 때마다 어떤 골목이 나올까 설레기도 하잖아.

주말 아침

알람없이 깨는 시간
한참동안 기지개를 켤 수 있는 시간
창문을 활짝 열고 오늘 날씨를 내다볼 수 있는 시간
차 한 잔을 마시면서 하루를 생각할 수 있는 시간

못 했던 전화를 하고
못 봤던 영화를 보고
못 먹던 음식을 먹고
못 보던 얼굴을 보는

가장 나 대로 있는 시간

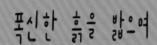

폭신한 흙을 밟으며

비 온 뒤

진한 풀 냄새와

시원한 공기 마시며

느슨히 걷다 보니

전화 한통 하고 싶어졌다.

8월의 캐롤

8월의 어느 날, 집으로 가는 길
주택가를 지나고 있었다.

붉은 벽돌의 빌라 1층에서 캐롤이 들렸다.
노-엘- 노-엘-

작년 겨울에 먼저 떠난 남편을 그리워하는 할머니일까, 아니면
지난 크리스마스에 헤어진 애인을 떠올리는 대학생인걸까.

지금 어디선가 누군가 듣고 있는 8월의 캐롤.
뜨거운 여름에도 보듬어 눈사람 만들어 보려고 하나보다.

달빛 투성이었다

나는 언제나 있는 듯 없는 듯
조용한 아이였다.

친한 친구 몇몇과 대학교 엠티를 갔다.
저녁이 되어 고기를 굽고 다들 술 한잔씩 할 때,
나는 아무도 모르게 빠져나와
차가운 밤공기를 들이마셨다.

달구워진 방 안의 탁한 공기보다
멀리서 풀벌레 우는 시원한 밖이 좋았다.
시골 길은 온통 달빛 투성이었다.

어느 날은 아무 말 없이
어두운 하늘만 바라보다가 들어갈 때도 있고,
어느 날은 나 혼자 흙 길을 걸어다녔다.

숙소로 들어가기 전에 문 앞에 서서
방을 메우는 상기된 목소리들을 듣다가 들어갈 때도 있다.

친구들과 신나게 고기를 먹고, 술을 마셨던 기억보다,

혼자 풀벌레 소리 듣고,

발 주변에 흩어져 있는 작은 돌멩이 던져 굴러가는 모습 구경하고

숙소 근처에서 아득하게 들리는 친구들의 목소리들이

더 아른거리는건 왜일까.

그 자리 그대로

책상 위에 물컵, 손때 묻은 연필,
되는 대로 쌓아 놓은 책들, 작은 종이들,
어제 통화하며 끄적이던 낙서까지.
내가 놓아둔 그 자리 그대로,
전혀 움직이지 않았네.
지루한 내 방에 갇혀 하루 종일 같은 것만 보면서.

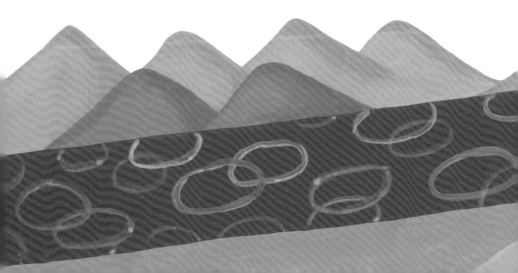

일상이 버거울 때

뭉툭한 손가락으로
빳빳한 하얀 종이를 접어
비행기 만들어
성큼 올라타 저 위로 날아갔으면

힘껏 마시고 뱉어본다

생각이 많을 땐 등산을 한다.
올라가면서 드는 모든 생각은 속으로 말을 한다. 한 톨도 남김없이.

계속 그림을 그려야 하는 걸까
내가 그려야 하는 그림은 뭐지
이것도 그리고 싶고 저것도 그리고 싶은데 자신이 없어.
생활비도 떨어져 가는데 이래도 되는걸까

어느새 정상에 다다르면 터질 것 같은 다리를 진정시키고,
힘껏 마시고 숨을 뱉는다.
그렇게 내려올 때면 머릿속 걱정들은 사라져 있었다.

그렇게 많은 전화번호 중에

누군가 만나서 무작정 같이 걷고 싶은데,

일하다가 잠깐 쉬며 전화 한 통 하고 싶은데,

주말에 사시한 얘기하며 맥주 한잔 하고 싶은데,

휴대전화 속 그렇게 많은 연락처 중에

막상 편하게 연락할 사람이 없어서

인생은 가까이서
보면 비극이고 멀리서
보면 희극이다.

찰리 채플린이 말했다

내 눈은 왜 현미경을
달고 태어났나.

예순의 소년, 소녀

지하철 맞은편에 어느 부부가 앉았다.

"당신 손가락이 내 손가락보다 길쭉해."
"당신 손이 내 손보다 커다래."
"당신 손이 내 손보다 시커매. 그치만 부드러워."

뭐가 좋아서.. 뭐가 즐거워서.. 뭐가 재미있어서..
어제 잡았던 손이 서로도 궁금한 걸까.
고개를 들고 부부를 쳐다보았다.

분명 신혼부일 꺼라 생각했지만
나이 지긋하신 노부부였다.

옆에 있기만 해도 웃음이 나오는 사랑과 살면 젊어지나보다.
지하철에서 내려 다시 한 번 그들의 웃는 얼굴을 떠올려보니,
이제는 소년, 소녀의 얼굴이었다.

바나나

어릴 때는 귀했던 바나나.
한 송이 사 놓으면 금방 없어졌다.

아침에 일어나자마자,
밥을 든든하게 먹고나서,
과자를 잔뜩 먹고 입맛이 없어져도
바나나는 먹을 수 있었다.

작은 것도 귀했고
별 것도 소중했다

균형 잡기

네발 자전거를 타다가
두발 자전거를 배워야만 했다

그렇게 어린 시절부터 균형 잡고 앞으로 나아가는 연습을 했지만

어른이 된 지금까지도
균형 잡는 건 쉽지 않다

작고 귀여운 나이

일요일 저녁 7시, 월요일을 조용히 기다리며 동네 초등학교로 갔다.
운동장 벤치에 앉아 학교를 바라보았다.

선생님이 학교 계단을 청소하라고 해서,
해가 질 때까지 먼지 하나하나,
모래 알갱이 한 톨 한 톨 쓸었던 때가 생각이 났다.

닦아도 닦아도 쓸어도 쓸어도 끝이 없던 계단에
울면서 청소를 했었다

바보 같은 나이였지만, 바보 같아서 좋은 나이
작은 키만큼 바라보는 시선도 작고 귀여운 어린 시절

꼬마야, 너도 그랬으면

한적하고 자그마한 초등학교 운동장에
아빠와 꼬마가 시소를 타고 있었다
친구와 시소를 타러 아이 옆으로 갔다
아빠가 꼬마에게 얘기했다
'누나들이다. 안녕해야지~'
꼬마는 가족이 아닌 사람에게 인사를 하는게 부끄러웠다.
인사도 못하고 반대쪽으로 고개를 서서히 돌렸다
그래도 수줍게 번진 미소는 사라지지 않았다
귀엽게 솟은 광대가 웃음을 숨기지 못하고
그대로 '안녕' 하며 뛰어가버렸다

꼬마도 20년 뒤에 이 초등학교를 다시 찾아와
자기만큼 작은 아이를 만났으면 좋겠다

열여덟의 상자

어렸을 때 친구들과 주고 받았던 편지들을
모아놓은 상자가 있다.

수업 중 선생님의 사소한 실수
쉬는 시간 옆 반에서 벌어진 작은 소란
점심 때 먹은 메뉴를 향한 불평

시시껄렁한 낄낄때는 이야기부터

어제 잠자리를 궁슝한 끝 모를 불안
친구의 날이 선 한마디에 받은 상처
되도 않는 공부 대신 찾고 싶은 내 일

햇수로 열여덟 해. 달로는 2백 몇 달, 일로는 6천여 일
글자마다 꾹꾹 눌러담은 웃음과 한숨이
10년이 더 지난 지금까지
나를 웃기고 울렸다.

내 편지 잘 간직하고 있을까?

홀로 여행할 때 필요한 것들

짧은 거리를 돌아가도 거뜬한 튼튼한 두 다리.

좋아하는 책방을 우연히 만나도 놀라지 않을 심장.

어색한 외국어로도 화장실을 물어볼 수 있는 용기.

빼곡한 계획 대신 직관적으로 일정을 변경하는 과감함.

우엇보다
낯선 이의 친절을 새로운 즐거움으로 받아들일 수 있는 마음

낯선 사람과 친해지는 법

처음에는 그냥 웃으며 인사하고,

두번째도 웃으며 인사하세요

친해지고 싶은 친구가 있었다.

어떻게 하면 친해질까.

책을 좋아하니까 재미있는 글귀를 얘기해 주고,
음악을 좋아하니까 좋아하는 노래를 추천해 주었다.

오랜 시간이 걸려 정말 가까워 졌을 때,
내가 지각을 한 적이 있었다.

"나는 약속을 안 지키는 사람이 제일 싫어."
나는 그 친구가 뭘 좋아하는지만 생각했구나.

와락!

매서운 겨울 바람이 분다. 덜컹대는 창문 소리가 잠을 깨운다.
이 새벽에 바람부는 풍경이 보고 싶어져 무턱대고 창문을 열었다.

문을 연 게 나쁜이었는지, 내가 무척 반가웠는지,
나를 알아보기도 전에 와락! 온몸을 끌어 안았다.

아마 온 집 창문은 모두 두들기며 돌아다니다가
나처럼 무심코 여는 사람이 있으면 반가워 안아주고 있겠지.
그러고는 문이 닫히면 휘파람 불며 다시 쓸쓸히 떠나버리는 거지.

그런데 이상하게도 날 안아줘서 조금은 기뻤어.

고마움의 표정

친구가 갖고 싶어 하던 책을 샀다.
몰래 선물 해주면서 깜짝 놀라는 친구 얼굴을 보고 싶었다.

어떻게 주면 더 놀랄까.
"오다가 주웠어." 라고 할까.
아니면 몰래 가방에 넣어놓을까.

결국 꺼낸 말은 전혀 생각지도 않았던 말이었다.
"무거운데 이거 들어줘."

친구의 표정을 상상하며 키득키득 웃었다.
하지만 예상하지 못한 친구의 슬픈 표정, 미안한 표정.

친구는 진심으로 고마워 했다.
고마운 표정..
고마운 마음을 표현하는 표정에는 웃는 표정만 있는게 아니었다.

무슨 냄새를 좋아하세요?

아기 로션 냄새도 좋고,

비누 냄새도 좋고.

갓 구운 빵 냄새도 좋고,

비에 젖은 풀냄새도 좋고,

상큼한 과일 냄새도 좋고,

바삭하게 마른 빨래 냄새도 좋지만,

지금 가장 그리운 냄새는

어릴 적에 잠자리에서 맡았던

포근한 엄마 냄새.

엄마는

학교 다닐 때 통기타와 뜨개질을 좋아했고,
아빠와 연애하실 땐 긴 원피스와 포크송을 좋아했고,
결혼 후에는 큰소리로 노래 따라 부르는 걸 좋아했고.
언니들과 나를 낳고는 영어를 배우고 싶어했다.

얼마나 많은 포기들을 지나
엄마가 되었을까

필름은 우리의 공기를 담는다

필름 사진에 빠져있었을 때가 있었다.
항상 카메라를 가지고 다니면서 스쳐지나갈 시간들을 담아두곤 했다.

한겨울 퇴근하고 집에 들어 가려는데,
수북이 쌓여있는 눈을 배경으로 사진을 찍고 싶었다.

나는 집으로 달려 들어가 아빠를 데리고 나왔다.
"나 얼른 찍어줘."

"이 추위에 무슨 난리냐."
아빠는 얼른 찍어주고는 잔기침을 하시며 방으로 들어가셨다.

사진에는 잠옷바람에 부들부들 떨면서 찍어준 아빠가 담겨있었다.

사진에는
셔터를 누르는 사람의 애정과
렌즈를 바라보는 사람의 기대와
둘 사이의 공기를 가만히 담는 카메라가 있다.

2012.12.14   아빠가 찍어준 나

할머니가 돌아가셨다

아빠는 검은 얼굴로 검은 옷을 입고 계셨다.

어렸던 나는 아빠의 마음을 조금도 이해할 수 없었다.
왜 밥을 잘 못 드시지
왜 하루 종일 아무 말도 안 하시지
왜 강하기만 한 아빠가 고개를 숙이지

이제는 알 수 있다.
"세상에 엄마가 없다면"
그저 아주 잠깐 상상만으로도, 이렇게 이해가 된다.

돼지저금통 속 종이들

돼지저금통에 아빠가 엄마 몰래 일요일마다 넣어주셨던 오천원들

저금통을 잃어버리고 알게 되었다

오늘 꿈에서는

귓가 어디쯤에 바람 매달고 날아가고 싶어라

저녁 거리마다 물끄러미 청춘을 세워두고
살아온 날들을 신기하게 세어보았으니
그 누구도 나를 두려워하지 않았으니
내 희망의 내용은 질투뿐이었구나
그리하여 나는 우선 여기에 짧은 글을 남겨둔다

나의 생은 미친 듯이 사람을 찾아 헤매었으나
단 한 번도 스스로를 사랑하지 않았노라

-기형도

Suites No. 4

사라반드 Sarabande - 너는 먼저 잠이 든다

고백 하루 전

방금 너에게 편지를 쓰고도 무슨 할 얘기가 이렇게 많은지
눈을 감고 너에게 얘기를 한다. 나도 알 수 없는 말들을
너의 마음속으로 전해주고 싶어서 잠이 안 왔나 보다.

처음 쓰는 편지

편지 한 장 쓰려고
또박또박 꾸욱꾸욱 눌러 썼더니
온 몸이 다 아프다

내 손을 잡아주면

긴장을 하면 내 공간은 쪼그라 들어.

그래서 나에게서 내가 너무 잘 보여.

나만 보이고 내 소리만 들려.

내가 그럴 때 손 한 번만 잡아주면

너가 보이고

다른 누가 보이고

책도 보이고

말하는 입도 보이고

눈 앞의 음식도 보여.

너에게 날아가

지금 이 새벽에 네가 있는 곳으로 날아가
사랑한다고 얘기하고 싶은 사람은

너 한 사랑

그래 지금 마음에 가득 있는 사람은 너뿐

우리 지금 만나자!

첫 키스를 하고 헤어지자 마자
우린 전화를 해

달이 떠오르는 밤이 되면
너는 나에게 좋아한다고 하고

별이 하나둘씩 하늘을 꽉 채우는 고요한 새벽이 되면
너는 나에게 사랑한다고 하고

아침 해가 서서히 고개를 들면
너는 나에게 보고싶다고 해

나도 그래
나도 보고싶어

우리 지금 만나자!

서투른 도시락

그날은 어떤 김밥보다도 더 맛있는 김밥을 만들고 싶었다.

어느 정도 요리를 할 수 있는 사람이라면,
김밥 정도 만드는 건 검색해보지 않아도 알 수 있겠지.

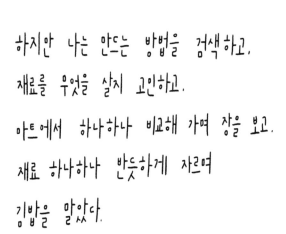

하지만 나는 만드는 방법을 검색하고,
재료를 무엇을 살지 고민하고.
마트에서 하나하나 비교해 가며 장을 보고.
재료 하나하나 반듯하게 자르며
김밥을 말았다.

사랑하는 사람에게 처음 만들어주는 도시락은
익숙한 것들도 당황하게 했다.

서투른 김밥의 모양이 진심을 전달하듯이
그 사람은 '세상에서 제일 맛있다'며 미소지었다.

너와 나는 같이 누웠다

하지만 언제나 너는 먼저 잠이 든다.

곤히 자고 있는 너의 얼굴을 바라보며
콧등을 살며시 쓰다듬고,
입술도 한번 매만진다.
너의 얼굴 빤히 바라볼 수 있는 나만의 온전한 시간.

그러다 고요해지면 들리는 너의 숨소리.
그 소리 듣다가 나는 매일 늦게 잔다.

집으로 가는 길

오늘 있었던 일도 얘기하고,
옆사람의 소리를 듣고 웃다가,
지하철의 소음이 커지면 잠잠해질 때까지 기다리기도 한다.

특별한 용건 없이도
점심 메뉴만 가지고도 한참을 얘기한다.

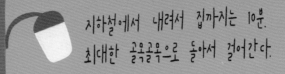

지하철에서 내려서 집까지는 10분.
최대한 골목골목으로 돌아서 걸어간다.

"거의 다왔어?"
"아니 아직 멀었어."

내 대답에 내심 기뻐하는 숨소리가 참 좋다.
나는 매일 가까운 거리를 멀리 다닌다.

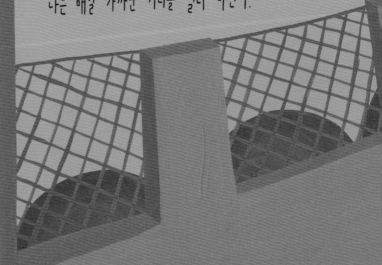

너의 목소리 더 듣고 싶어서.

기다리고 있어

교실 안 아이들은 신나게 놀 수 있는 방학을
아픈 사람은 빨리 건강해지기를
피곤한 직장인은 퇴근시간을
맛집 앞에 줄 선 사람은 자기차례를
서운한 사람은 '미안해'라는 누군가의 말을
창문 앞 작은 화분은 시원한 비를

그리고
일을 끝내고 집에 들어갔을 때
따뜻한 그 사람의 포옹을,
나는 언제나 기다리고 있어

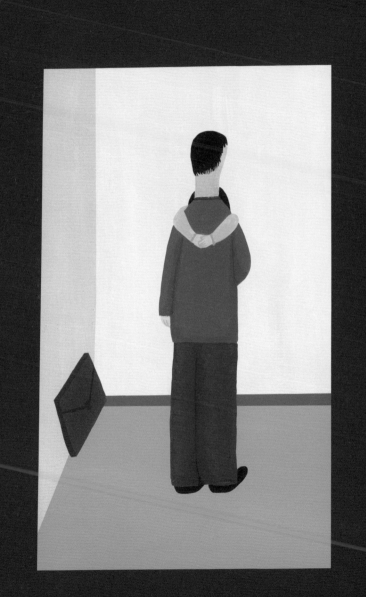

어떤 추위도, 어떤 외로움도

밤늦게 집으로 돌아와 이불속으로 들어가면,
나는 좋아하는 친구에게 전화를 건다.

오늘 힘들었던 일이나, 재미있던 일들을
보따리 풀듯이 하나하나 꺼내면,
친구는 웃기도 하고, 걱정해주기도 하고
피곤한 나를 위해 자장가를 불러주기도 한다.

스르르 눈이 감길 때까지 두런두런 이런저런 얘기하다보면,
따뜻한 잠자리가 되어있다.

이번 겨울도 몹시 추울거라는데,
나는 괜찮다.

회색 저녁

그의 손은 이세하게 떨리고 있었다.
그저 바람 때문이 아니었다.
복잡하고 불안한 심정이 손을 통해 내게 말을 걸었다.

그는 사람들과 웃으며 얘기를 나누고
모든 감각을 최대한 마비시키며 평소 처럼
평범하게 행동하려고 했지만.
손은 살아 움직였다. 나에게 소리없이 도와달라고 했다.

조용히 그의 손을 잡았다.
"어? 언제 왔어?"
무심한 인사에 오히려 내가 필요했다는 걸 알고 있다.

그의 표정에서,
놓지 않는 손에서,
나보다 더 꽉 잡고 있는 그 손에서.

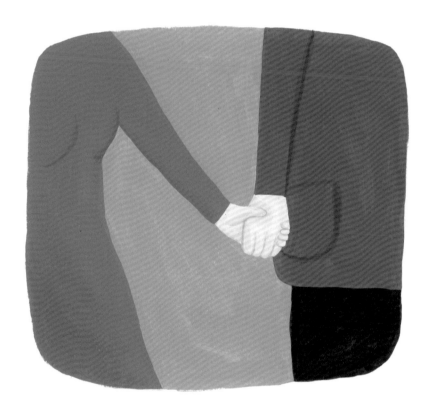

일상에 바빠

사랑하는 친구를 챙겨주지 못했다.

불 꺼진 방안에 친구가 훌쩍이는 소리에 나는 어쩔 줄 몰라 했다.

친구가 나를 많이 좋아한다고 했다.
나도 많이 좋아한다고 했다.
　눈물은 멈추지 않았다.
친구는 많이 좋아해서 눈빛 하나에도 섭섭하다고 했다.
나는 많이많이 좋아한다고 손을 꼭 잡으며 얘기를 했다.
　섭섭한 마음은 풀리지 않았다.

나는 너의 마음이 바뀌어서 네가 다른 사람 곁으로 가버릴까 불안했다.
얘기를 하니 눈물이 났다.

그러자 친구는 그제서야 서로 좋아한다고 안심했다.

널 만나서 기쁘다는 말보다,
네가 언제 가버릴지 몰라 불안해 하는 모습에
사랑을 확인 할 때가 있다.
이기적이라고 할 수 있지만, 나도 마찬가지다.

내 용기를 받아줘

용기 없는 너는 얘기했다
먼저 다가가지 못해 미안하다고

하지만
내가 너를 만나면
너도 나를 만난 거고
내가 네 손을 잡으면
너도 내 손을 잡은 거고
내가 너에게 입을 맞추면
너도 나에게 입을 맞춘 거야

내가 필요한 건 너의 용기가 아니라
내 용기를
따뜻하게 받아주는 너의 마음이었어

많이 아주 많이 많이

처음에 당신은 저를 '좋아한다'고 했어요
그다음에는 저를 '많이 좋아한다'고 했어요
그다음에는 저를 '아주 많이 좋아한다'고 했어요
나중에는 저를 '아-주 많이많이 아끼고 좋아한다'고 했어요

그러다 어느 날은 그냥 '사랑한다'고만 했는데
단촐하게 던져진 네 글자가 저를 조금 슬프게 했어요

왠지 사랑한다는 말보다
많이, 아주많이 좋아한다는 말이 더 좋아요

'많이 아주많이 좋아한다'고 해주세요

내가 없는 곳에서 울면

네가 울면 마음이 아파

내가 닿을 수 없는 곳에서 울면 내 마음은 더 아파

손 잡아 줄 수도 없고

안아 줄 수도 없고

빰에 흐르는 눈물에 입맞출 수도 없어

우리 둘만 둥둥 떠다녀

어제 너가 나에게 편지에 대해 얘기를 하는 내내
나는 너를 안고 있는 상상을 했어.
가볍게 포개져 있는 것보다는 좀더 깊게.

보고 싶었다고 얘기를 하기 전에 너는 이미 알고 있었고,
우린 서로의 몸을 떼내는 것을 서로에게 미룬 채 오랫동안
안고 있었어.

떠나고 싶은 자
떠나게 하고
잠들고 싶은 자
잠들게 하고
그리고도 남는 시간은
침묵할 것.
(...)

쉽게 꿈꾸지 말고
쉽게 흐르지 말고
쉽게 꽃피지 말고

　　　　　－ 강은교

Suites No. 5

갤런트Galanteries - 너 없는 시간에

그때 나는 겁쟁이었다

가 도 될 까 ?

해 도 될 까 ?

기다리기만 했고,

생각이 너무 많았다

우리는 가을에 만나고 다다음 겨울에 헤어졌다

처음에 만나서
차도 마시고, 밥도 먹고, 같이 산책도 하며 옛날 얘기도 했다.

어느 날은 내가 영화를 같이 보자고 했다.
하지만 영화관 싫어한다며 안 본다고 했다.
어느 날은 주말에 만나자고 했는데,
피곤하다며 쉬고 싶다고 했다.
어느 날은 밤에 통화하려고 했지만,
지금 바쁘다며 문자로 얘기하라고 했다.

마음에 하나둘씩 의문은 커지고, 불만은 쌓여갔다.
커지고 쌓이다가 내 안에서 불태워 버리고
재로 남은 한마디

이별 10분전

너의 눈 속에 창문이 깨어져 보이는 날이었다
평소에 쉽게 잡을 수 있었던 손도
그날은 잡을 수가 없었다

나는 여기 있다고 너의 얼굴을 하염없이 쳐다봤지만

깨진 유리조각에 가려서 너는 내가 보이지 않았다

익숙함이 우리를 먹어버렸다

"물어볼 게 있어"가 멈추고 얼마
안 가서   우리 헤어졌다

알고 싶지 않다는 생각이 아니라

다 알고 있다는 착각 대문에
우 린 헤 어 졌 다

우리는 불협화음이었어

낯선 것에 대한 호기심은 송곳처럼 서서히 찔렀어
반대가 잘 어울린다고 위안삼으며 각자 다른 노래를 부르고 있었어

오답으로 새빨개진 시험지를 보고도
새로운 답을 만들고 있는 중이라고 기뻐했어

그러지 말았어야 했어

제일 기뻤던 순간을 꼽으라면
당연히 너에게 사랑 받았을 때라고 하겠지
하지만 제일 후회되는 일, 그것 역시
네가 나를 사랑하게 내버려둔 일이야

다음을 준비하는 방법

이별 노래 듣기,
슬픈 영화 보기,
같이 갔던 카페, 동네 마트, 시장, 책방에 가보기,
늦은 밤 홀로 누워 우리들의 추억에 빠지기

실컷 눈물 흘리고 나면
조금 개운해져

더이상 네 생각을 해도
아프지 않을 때까지 울어야지
그러고 완전히 떠나보내야지

다음 사람에게 미안하지 않게...

너 없는 시간에

어제 입었던 옷을 빨아 놓고
어제 먹었던 카레를 먹고
어제 읽었던 책을 꼭 안아보고
어제 누웠던 침대에 누워 냄새 한번 맡아보고
어제 나눴던 얘기를 적어봤어

어제 너와 같이 했던 것들 하나씩 해보며
어제 보았던 네 얼굴 생각해

요즘

요즘 나는 참 착한 것 같아

네가 말한 대로
아침 밥 점심 밥 저녁 밥
잘 챙겨 먹었어

네가 말한 대로
일에 집중도 했어
아무 생각 안하고

네가 말한 대로
헤어지자고 할 때 했던 마지막 말대로

나는 잘 있어
그거 자랑하려고...

네가 없는 네 자리에

네 감정 손으로 긁어모아 한주먹 나의 손에 쥐어주고 그렇게 가버렸다.
나는 가만히 너의 모습 사라지고도 한참동안 가만히 서서 혼자를
어쩔 수 없이 받아야만 했다. 억지로 먹은 찹쌀떡같이 꽉 막힌
눈물을 삼켜가며 집으로 갔다. 너의 색으로 물들어 버린 내 방은
어김없이 그 자리에 있었지만 너는 없었다.

오늘, 나는 너를 잊었다

지난 겨울, 이별 통보를 받고나서
인기있는 영화도 보고,
같이 듣던 음악도 듣고,
멍하니 예능 프로도 보고,
친구와 맛있는 음식을 먹고,
그래도 너의 생각에 멈춰
문득 눈물이 났었다

오늘 우연히
네가 준 책을 읽게 되었다
글자들이 눈에 들어왔다
네 생각이 나지 않았다

오늘에서야 나는 진짜 이별을 했구나

거친 밥

우린 돈도 없고, 직업도 없었다.
작은 것 하나라도 행복했던 시간.
무수히 많은 소리를 만들었던 시간.

너와 함께 했던 시간을 생각하면
왜 컵라면이 먹고 싶은 걸까

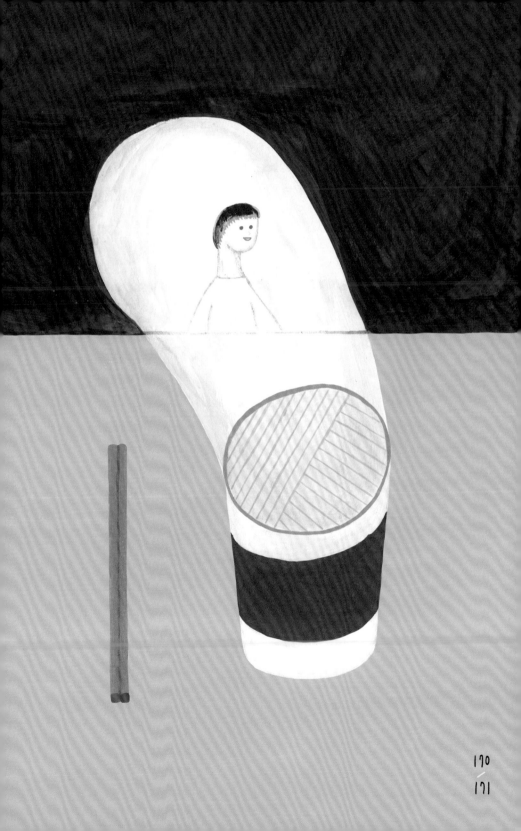

너에게 배웠어

커피의 맛은
네가 커피를 마시고
나에게 키스했을 때 배웠어

술의 맛은
아무리 많이 마셔도 너와 함께라면
기분이 좋다는 걸 알았을 때 배웠어

따뜻한 말을 하는 방법은
품안에서 하는 얘기가
노래처럼 들렸을 때 배웠어

웃음을 잃지 않는 방법은
내가 보고싶다고 먼 길 와달라고 했는데
기꺼이 와서 웃어줄 때 배웠어

침묵할 때 침묵할 줄 아는 방법은
내가 마음 아픈 과거를 용기내서 얘기했는데
조용히 손잡아 줄 때 배웠어

슬플 때 참지않고 우는 방법은
내가 다른 사람이 생겼다고 헤어지자고 했는데
네가 내 앞에서 펑펑 울 때 배웠어

너에게 많이 배웠어
고마워

라산스카

나 지은 죄 많아

죽어서도

영혼이

없으리

　　　－김종삼

Suites No. 6
지그Gigue – 다행이다

다행이다

내가 하는 일은 항상 소리가 나지 않는다
그래서
내가 실패해도 아무도 모른다

다행이다

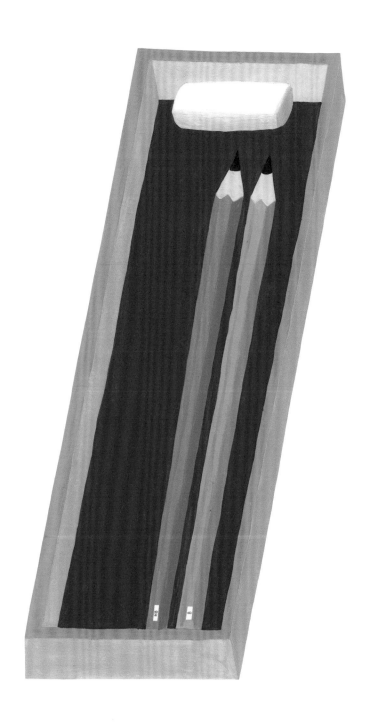

내 이름을 석 자를 쓸 때마다

전광은

글자는 점점 작아진다

꿈 속에서 누워본다

밤새 뒤척이다 겨우 잠이 들어버리는 날

꿈에는 푸른 동산이 있다

꿈속에 있는 나는
날 듯이 가볍게 시원한 공기를 마음껏 들이마신다
벌러덩 누워도 보지만 아프지 않다.
누워서 하늘을 보거나 너와 같이 있다.

그러다 누가 내 이름을 부르기라도 하면
현실은 너무 아프게 다가온다

미안해...

꽃 한 송이를 피웠다

"미안해"
너의 목소리는 말로 태어나지 못하고,
꽃씨로 나에게 날아와.
싱그런 연두빛 꽃 한송이 피우고 갔네.

"고마워"
집에 돌아와 꽃향기 맡을 때면,
코끝을 찡긋, 눈물이 핑,
눈이 떠지지 않는다.

다음 생에는 돌멩이로

다음 생에는 돌멩이로 태어나야지

누가 밟아도 바스라지지 않고
흰 눈이 쌓여도 얼어서 깨지지 않고
소나기 비에 흠뻑 젖어도 울지 않고

천천히 흘러가는 구름 바라봐야지

사람들이
각자의 자아가

하나가 될 땐

약해졌다는 걸
의미한다.

갈색 바다와 파란 나무

너는 갈색 바다고, 나는 파란색 나무야.

만약에 너가 파란색 바다고, 내가 갈색 나무였으면,

우리는 이렇게 외롭지 않았을 거야.

우리는 이렇게 서로의 색을 꿈꾸며 살지 않았을 거야.

우리는 이렇게 서로를 알아보지 못했을 거야.

그래서 이렇게 만나지 않았을 거야.

내 방에 놀러오면 보여줄 게 있어

한 권씩 소중하게 모아 놓은 책장의 그림책들

언제 붙였는지도 까먹은 거울 한 켠에 가족사진

여기저기 널려 있는 내 그림들

내 냄새 한가득한 푹 꺼진 침대

그리고
널 만나고 돌아와 혼자 있을 때 군데군데 뱉어 놓은
내 말들

너에게 보여 주려고.

두 번째

행복을 바라지 말자

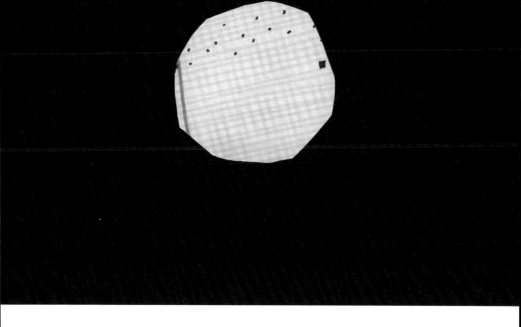

잊지 말 것!

진짜는 내 안에 있다

멀리 있을수록 가짜고   가까이 있을수록 진짜다

미래와 과거는 가짜고   현재는 진짜다

내가 해야 할 것은 가짜고   내가 하고 싶은 일은 진짜다

그랬으면 하는 일은 가짜고   그 일을 하고 있는 것은 진짜다

바람이 불면 나도 흔들린다

내 옆을 지날 때
바람은 유독 세차게 몰아친다

고인 생각들 떠나 보내주려 하나
아니면 대롱대롱 나를 더 흔들려고 하나

어떻든 바람에게 맡기고
나는 눈감아 버린다

그러니까 너는 지금
내 생각을 해서는 안 된다

바다는 그대로

초 겨울의 바다는
　여름과 마찬가지로
　　여전히 그곳에 있다

겨울은 따뜻한 계절이야

손가락조차도 펼 수 없는 추운 겨울이 오면
온기 가득한 생각 속에서 살아야 해

소복이 쌓여 있는 눈 밑에 심어 놓은 씨앗을 보살피는 생각
늦은 밤 거리의 고독함을 안아주는 사람들의 숨소리를 느끼는 생각

조용히 내리는 눈송이를 타고 오는 축복을 바라보는 생각

겨울은
사실 따뜻한 계절이야

내가 거는 주문

아무리 많이 울어도 웃을 수만 있으면 괜찮아

너에게만 들려줄게

사랑하는 친구야,

내 심장에서 끊이질 않는 북소리를

아침이 오면 같이 안녕합시다

'밤 사이, 그래 대문들도 안녕하구나
도로도, 도로를 달리는 차들도
차의 바퀴도, 차 안의 의자도
광화문도 덕수궁도 안녕하구나'

—오규원

어디선가 무사히 간 밤을 이겨낸 이들과
모두 안녕하고 싶다

겨울이 시작될 무렵 남쪽 하늘에 떠오르는 에리다누스.
그리스 신화 속 강의 신의 이름을 딴 밤하늘의 바다,
에리다누스 자리에서 기다릴께

에필로그
우주 어딘가에서 기다리고 있을게

검정색과 흰색 사이에 놀러와. 자칫 회색으로 놀러가지 말고
내 말을 잘 듣고 찾아와. 창문으로 나와서 자동차가 다니지 않는
작은 언덕으로 올라와. 올라오면 나무가 많지 않은 곳을 찾아서 누워.

그리고 검은색 발판이 보이면 올라서고,
그 위에 하얀색 천장이 보일 때,
천천히 걸어와. 걷다 보면 그 끝에 우리들이 있을 거야.
우주 어딘가에서 기다리고 있을께.

전광은입니다.

도시와 시골의 중간에서 살고 있습니다.
그래서 도시도 그리고 시골도 그릴 수 있습니다.

카페나 식당에 들어가면 가장 구석진 곳부터 찾아요.
그곳에서 응큼하게 사람들 구경하는 것을 좋아해서요.

지구에 살고 있는 작은 사람들을 생각합니다.
그리고 그려요,
도시와 시골을 배경으로요.

kwangeunjeon.com
instagram.com / kwangeunjeon

푸르른 깊은 밤, 여섯 모음곡Suite으로 구성된 바흐의 〈무반주 첼로 조곡Six Suites for Unaccompanied Cello〉을 한번 들어보세요. 파블로 카잘스Pablo Casals의 낮고 서걱거리는 아날로그 선율이나 불치병으로 손이 굳어 감각을 잃어리고 고요히 숨진 자클린 뒤 프레Jacqueline. Du Pré의 슬프고 우아한 선율로 당신의 영혼을 먼 하늘의 별자리로 이동시켜 볼까요.

밤의 조각

2018년 03월 08일 1판 1쇄 박음
2018년 03월 15일 1판 1쇄 펴냄

글·그림 전광은
펴낸이 김철종 박정욱
책임편집 김성은　**디자인** 정진희　**마케팅** 오영일
인쇄제작 정민문화사

펴낸곳 알레고리
출판등록 1983년 9월 30일 제1 - 128호
주소 110 - 310 서울시 종로구 삼일대로 453(경운동) KAFFE빌딩 2층
전화번호 02)701 - 6911　**팩스번호** 02)701 - 4449
전자우편 haneon@haneon.com　**홈페이지** www.haneon.com

ISBN 978-89-5596-839-2　03810

이 도서의 국립중앙도서관 출판예정도서목록(CIP)은 서지정보유통지원시스템
홈페이지(http://seoji.nl.go.kr)와 국가자료공동목록시스템(http://www.nl.go.kr/kolisnet)에서
이용하실 수 있습니다.(CIP제어번호: CIP2018007451)